와온에 와 너를 만난다

와온에 와 너를 만난다

박현덕 시집

문학들

사랑하는 사람을
떠나보내듯
이렇게 마음을 추슬러
풍경으로 세운다

거친 삶,
드러내지 못한 채
무릎 꺾고 울었던 날들의
편린이여

풋잠 끝에 맞는 아침이여

2024년 봄날에

박현덕

차례

제2부 그 저녁 바람처럼 걸었다

제1부 진도에 내리는 눈

진도에 내리는 눈

진도대교 건너자 와락 눈이 한창이다

울돌목 곡소리도 내 귀엔 들리지 않아

먼 길을 끌고 왔던 생, 길 따라 굳어지듯

남도의 끄트머리 그리움이 눈에 섞여

바다가 훤히 보인 죽림길 언덕 앉아

술잔에 파도를 담아 뭉친 가슴 풀어낸다

무장무장 눈 내려 칼바람에 베이고

어디론가 조금씩 가라앉고 있는 중

나는 또 난파된 배처럼, 직믹 하나 키운다

와온에 와 너를 만난다 1
– 노을

세상일 망했다고 무작정 차를 몰아

와온해변 민박집에 마음 내려 놓는다

나는 왜 춥게 지내며 덜컹덜컹 거렸지

해변을 걷다 문득 마파람 씹어 보면

바람에 쓰릿해져 누군가 생 펼친다

제 몸의 상처가 터져 걸어온 길 적신다

잔파도에 쓸려간 철새들의 발자국

무릎 괴고 숨어서 눈 붉도록 울고 나면

하늘을 미친 바람처럼 물고 또 뜯고 있지

* 와온해변 : 전남 순천시 해룡면 상내리에 있으며, 일몰이 아름답다.

와온에 와 너를 만난다 2

와온에 와 갯가 보면
너와 나
사이 사이

잘려나간 마음들이
노을로 꽉 채워서

고요히
바람결 타고 온
슬픔에도 꽃이 핀다

와온에 와 너를 만난다 3

비 내린다 와온 가는 길 깊숙 파고들어
휘몰아친 쓸쓸함에 줄줄 흐른 절망처럼
황급히 해변으로 가 홀로 시를 옮긴다

가슴을 쥐어짜는 시적 한 구절마다
무성한 거짓말로 화가 나고 슬프다
젖은 몸, 흠뻑 젖은 와온 눈물방울 훔쳤다

아팠던 날들 지나 어스름 비 그치면
축축한 집 시커멓게 어둠이 휘감는다
마음이 움찔거려서 눈먼 사랑 얘기한다

와온에 와 너를 만난다 4

며칠째 이런저런 손님처럼 눈 온다
와온공원 매실나무 가지에 달라붙어
하얗게 꽃 흐드러져 누군가 기다린다

바다는 하루 종일 거친 숨을 내뱉으며
선착장 어선들을 고스란히 끌어안아
또다시 찾아온 영혼에 기억을 풀어낸다

저 바다 앞에 서면 폐허의 날들 위로
저녁이면 능선은 고요한 달로 떠서
불 꺼진 집과 해변을 긴 혀로 핥고 간다

와온에 와 너를 만난다 5
— 밤 해변에서

이 밤은 위험하다
밀려온
파도 소리

가슴을 슬몃 열어
지난 생
들추는 시간

모든 것
노래가 되어
바다로 가고 있다

목포항, 마음에 비 내리고

겨울비 흩뿌리는 여객터미널 대합실
누군가 유리창에 써 놓은 자모들이
잊혀진 기억에 불 붙여 환상의 꽃 피운다

저녁놀은 아궁이 같아 마음만 둥글어져
달리도행 철선에서 남해를 응시한다
눈물이 새는 악기인가, 파도에 휩쓸린 삶

한껏 부푼 파도 위를 구름이 가다 말고
바다가 잉태한 섬을 허리 굽혀 바라본다
외딴 섬 흐릿한 불빛에 밤새 마음 젖는다

십이월

눈부신 유리처럼 휘날린 눈송이들
휩쓸린 자리마다 그림자는 사라져
마지막 몸부림치듯 겨울숲을 서성인다

저 직립의 겨울숲 가까이 바라볼수록
가지 사이 걸려서 바람은 드세지고
새들도 적막을 쪼며 몸통보다 크게 울고

흰 새 떼가 하늘을 둘둘 말아 싸먹는다
한 입씩 베어 물면 지난 봄이 생각나
얇아진 마음을 모아 긴 뿔을 키우고 있다

모두가 잠든 시간

– 소쇄원에서

수척해진 하루가 바람결에 짐짓 놀라
깊어진 상처들을 모두 풀어 놓는 밤
제월당 난간에 기대 그 어둠을 핥아 본다

미친 듯 비 퍼부어 계곡 쩍쩍 악을 써
빗줄기에 가리워진 흰 문장을 펼치면
비울음 내게로 와서 한 몸이 되는구나

한밤 내내 비질하는 소리들이 마음 적셔
숨어 있는 어둠을 끌고 나와 북 만든다
푸른 생 야위어 가는 그런 밤, 두드릴 거야

반려식물 키우는 노인

독거노인 반동댁 식물 하나 키운다
산짐승 울음소리 들려오는 밤에도
늘그막 전기장판 위 신처럼 모신다

그런 것이 소용없다 도랑에 던지라는
이웃집 할망들의 길 잃은 소리에도
다저녁 반주 나누며 그리움을 삼킨다

시골의 밤, 하루하루 빠르게 늙어 가
화분과 눈을 맞춰 마지막 날 얘기하면
자식도 아닌 저것이 백만 송이 꽃 피운다

여수

바다 위로 비 내리고
젖은 너를 바라본다
부도난 마음들을
달래려 기차로 와
오동도 자궁 속에서
따뜻한 꽃잠 들까

햇살에 울음 그친
동백숲 걸으면서
멍든 가슴 토닥이던
어머니를 떠올린다
해풍에 파도 소리에
몸 뒤틀면 젖을 빨고

오래된 우물

무너진 돌담 사이 바람이 드나들고
누군가 몰래 뿌린 야생화 절정인데
허름한 우물 하나가 담장 밖 기웃댄다

어둠이 깊어지면 푸른 기억 다시 자라
우물 안 추억 조각 건져 내는 밤결에
혼자서 울음을 참다 혼절해 잠이 들고

골목길 매화나무 바람 불면 몸부림쳐
흰 꽃 겹겹 우물 안에 슬금 밀어 넣는다
즈믄 생 환한 달로 떠 저녁을 맞이한다

밤 빗소리
– 용눈이 오름

어둠의 북 두드리며 세찬 비 퍼붓는다
분화구에 투명한 슬픔 가득 채워져
한 컵씩 따라 마시며 어린 나를 만난다

저기 혼자 무릎 괴고 바다를 응시하는
소녀의 머리카락 미친 듯 날아다녀
격렬한 흰 문장으로 오름을 덮고 있다

눈동자 속 깊이 깊이 소녀를 담아 둔 채
긴 잠에서 깨어난 용 모양 배를 탔다
어둠은 점점 커지며 용골 물어 뜯는다

깊고 부드러운 밤

봄날 검고 부드러운 밤이 슬멋 찾아왔다
퇴근 때 길은 자꾸 어디론가 휘어져
가로수 모호한 바람에 장신구를 떨군다

빌딩숲 한가운데 간신히 걸린 울음
밤이 되면 흩어져 숨어 있는 발자국들
조금씩 불러들여서 유리창에 가둔다

보도블럭 사이 사이 뿌리 내린 알갱이
서로에게 비밀스런 편지를 몰래 쓰다가
바람도 술 취한 봄밤에 흰 별꽃을 피운다

어제는 비

– 모자

잊혔던 허연 날이 바람에 붕 떠오른다
어디 몸 감췄는지 도무지 알 수 없고
밤이면 모자에서 나와 무작정 고해한다

스쳐 간 기억들이 하나둘 살 적시면
마음 안쪽 내리꽂는 슬픔이 더 깊어져
얼굴의 화장 지워지고 나도 밤새 울고 만다

그 눈물 버무리면 뼈만 남은 저녁이다
소리를 모으려고 낡은 모자 벗으면
어제는 오늘에 갇혀 종소리를 듣는다

봄비

미안하다
미안하다
낙일의 기억이여

외로움
그리움
톱니처럼 맞물려

지나간
푸른 영혼 불러
결박을 풀고 있다

불회사의 겨울

서로서로 다투면서 겨울비가 내린다
마음 구석 쓸쓸한 낱말들만 남는 저녁
바람결 풍탁이 살랑 새처럼 울어대고

대웅전 뒤 병풍처럼 펼쳐진 동백숲
봄날의 까마득한 그리움을 안고서
산 것들, 한 몸이 되어 적색 등을 밝힌다

더디게 오는 봄에 슬몃 뒤를 돌아보면
종일 흘러 마르지 않는 눈물 자국이여
불회사 동백숲 사이 비루한 몸 얹어 본다

눈 깜짝할 사이 가을은 오고

세상에, 딱따구리
부리로 서각한다

바람 살짝 스쳐도
뼈 쑤신 가을인데

한 생의 울컥한 순간
문장 깊게 새긴다

사방으로 날린 낙엽
그 우울 붙잡고서

단풍숲 아래 누워
볕살을 끌어 올려

저기 저 계절 건너간
산 숨소리 듣는다

어두워야 잘 보인
달을 훔쳐 반죽해

단풍숲에 주렁주렁
꼬마 전구 걸어 두면

새들은 가지에 앉아
오르골이 되는 밤

눈

이른 가을 눈 내리네
중환자실 병상 머리

숨 가쁘게 뿜어내는
가습기 둘레마다

한밤 내
차곡차곡 쌓인
눈가루 부스러기

나를 너를 사랑하고 있었다
– 말레콘의 밤

긴 바람과 방파제를 기어오른 파도들

점점 더 여름밤에 럼주로 몸이 녹듯

노인 몇 라틴 음악에 기억을 풀고 있다

나를 너를 사랑하리, 가슴이 찢어지게

우르르 몰려와서 하얗게 부서지는

심장을 찌르는 시를, 읽어 주는 밤이여

말레콘에 기대 앉아 젖가슴 멍들게 한

영혼들을 꺼내서 파도 자락에 보내면

모질게 슬퍼하지 나 바람 겹겹 에워싼다

* 말레콘 : 올드 아바나에서 바다를 따라 길게 이어진 방파제길.

제2부 그 저녁 바람처럼 걸었다

겨울 저수지

바람 불면 맘 흔들려 늑골이 더 아프다

물결 위 걸어가며 노래하는 새들도

폐허의 눈물로 굳은 저수지 찾지 않고

온몸 쿡 찌르면서 이따금 눈 내린다

주위 산들 무릎 꿇듯 푸른 숲을 비워내

밤이면 달빛 끌어당겨 이불처럼 덮는다

오늘 밤내 생각하리, 시간이 흐를수록

마음 자꾸 늙어져 무한정 울고 싶다고

그 울음 차곡 내려앉아 커다란 거울 된다

22 겨울

2월은 참 길어지고 볕이 들지 않았다
다저녁 아홉 시 거리 상점도 빌딩도
지그시 입술 깨물고 눈꺼풀을 내렸다

어디에서 오미크론 확진이 될지 몰라
취기 오른 한 무리 직장인들 혀 차며
다급히 택시를 타고 어둠 속으로 사라진다

가령, 매일 우울해 뉴스 보다 잠 들고
가령, 마음 소낙비로 훑고 가는 숫자들
흐릿한 나날이라고 지니 불러 음악 튼다

수국

사나흘 추적대는 잔비를 따라 다닌
휠체어 탄 사내는 활짝 핀 수국 본다
병실 안 진액처럼 흐른 어둠은 사륵 울고

햇살에 슬몃 졸다 눈을 뜨면 어둑발
신경은 바스락대 몰래 밤술 한 잔으로
마음을 후비고 가는 저녁비를 풀어 준다

호스피스 병동 복도 문등의 불꽃들이
누가 몰래 먼길을 떠났는지 소멸해
사내는 밤새 울고 웃고 수국이 되려 한다

저녁비

저녁 내내 창문을
누군가 두드린다

밤이 더 깊을수록
어머니가 생각나

무릎이
바스러진 생,
절며 가는
빗줄기

비 잠시 그친 뒤

– 설도항에서

장대비가 그친 뒤 바다는 눈 반쯤 뜨고
마파람을 해안 쪽으로 거칠게 밀어낸다
상점 앞 횟감 잔해를 물고 가는 참새 떼

창가에 얼비치는 햇살 한 줌 빈 잔 채워
아버지를 보내고 낮술에 젖어 들면
그 울음 밀물로 돌아와 마음을 쓸어내린다

설도항 여관 들어 파도를 베고 자면
저녁 한때 망망대해 부표처럼 떠다니는
아버지 애잦는 생애에 환상통을 앓는다

폭설

밤새 누가
먼 길 떠났나
미치도록 눈 내린다

깊은 곡 울림으로
몸뚱이 뒤척이고

마을 앞
노거수 한 그루
눈물겹게 꽃이 핀다

저물녘

한 마리 새가 되어 너는 울고 가는구나

바람 한 점 햇살 한 톨 저리 없는 세상에

가슴이 아프게시리, 저 하늘을 헤집는다

밤이 간다

밤이 간다 바람 분다

가슴을 할퀴면서

고양이는 처마 밑
어둠처럼 웅크리고

불 끈 채
적막 듣는 사이
창문도 젖고 있다

눈물이 난다
– 이장

어제 울며 내린 비가
작심하고 그친 날

바다 훤히 보인 산
아버지를 만난다

스쳐 간
푸른 순간들
흠씬흠씬 파랑친다

삽을 들고 산 오른다
먼저 갔던 생은 더

해풍에 바스라져
구멍 뚫린 뼈만 남아

지물녘
인골 피리 소리
여백 없이 물들인다

숨비기꽃

가난 자꾸 흘러내려
시커멓게 그을린 맘

어멍은 바다에서
자맥질한 잠녀였다

몽돌밭 벗어 둔 옷들
숨비기꽃에 가려지고

거친 바다 테왁 잡고
내뱉는 숨비 소리

물 속에서 활활 피는
그 꽃인지 모르지

저물녘 불턱에 기대
숨비기꽃 먹고 있다

겨울 고시원

가을이 성큼 지나
한파가 올라온다

얇은 이불 덮고 누운 한 평 정도 방인데

틈새를 휴지로 막아도
칼바람에 쓸쓸하다

밤이 와 불을 끄면
종이의 집 흔들려

도시의 뒷면이라 잘 보이지 않는다

오늘 또 누군가 울다
술에 취해 잠이 들고

우수雨水

어디에서 파릇해진 봄바람이 불고 있다
반남고분 가만 기대 달달한 햇살 뭉치
실눈 떠 잔가지 꿰어 한 입씩 베어 먹고

기적 소리 울음소리에 고개 연신 돌리자
잃어버린 한 왕조의 밀려온 노을자락
아직은 까실한 고분, 혀로 핥고 지나간다

끼니 굶은 것처럼 막 퍼붓던 저녁비가
투명한 술잔 가득 울음 섞인 말을 채워
떠다닌 헛꿈을 부르다 나도 그만 비 맞는다

방파제

바다를 앞에 두고
밤새도록 울었다

밀려온 어둠 아래
혼자 몰래 눈물 털다

턱 괸 채
실눈 뜨고서
별자리 또 읽는다

미안하다

어멍 어멍 하반신
움직일 수 없는데

요양병원 요양원
다 싫다 울부짖고

신촌의
해안 보인 방
문 반쯤 열어 놓는다

어떤 날은 삼촌 불러
돌담을 걷어내고

새 줄로 집을 몸을
더 꾹꾹 얽어매면

바람이
발톱을 세워

50

늦저녁 몰래 올까

어둠 무장 커지면
푸른 꿈결 바다에서

아흔 잠녀 빗창 쥐고
내뱉는 숨비소리

그 마음
내일 오늘도
물질하러 나간다

* 새 : 마른 풀잎으로 지붕을 만들고 해풍에 날아가지 않도록 얽어맨 것.
* 빗창 : 해산물 채취 도구.

가을 한라산

무작정 도시 떠나 한라산 홀로 갔다
가을 산길 오를수록 바람이 쥐어짜는
그 울음 온몸이 젖어 짐승처럼 더 운다

쉬이쉬이 부르고픈 노래도 구름 탄 채
바위책 단풍 걸려 산 하나 태우고 있다
몇 권의 책 불살라야 폐허 죄다 버릴까

아무래도 백록에 고인 울음 길어 올려
햇살에 널어 두면, 꿈 무수히 흩어져서
한라산 한 몸이 되어 목청껏 피 토한다

억새

오전 한 접 천관산 억새밭을 넘는다

가파른 능선 따라 낮달이 달라붙고

바람에 떠밀리는 듯 욕망을 밟고 간다

억새는 해름까지 머리카락 죄다 풀어

시간의 문장이나 혼몽한 꿈에 취해

지나간 세월을 불러 마음을 비워 낸다

겨울숲

다저녁 눈사태다 외투가 더 입혀지고
사각사각 몸 긁는 소리들이 떠다닌다
피로한 눈동자를 떠 침묵을 팽개친다

몸이 무장 늙을수록 은신처는 좁아져
어떤 날은 파쇄되어 멀리간 친구들의
흥건한 울음소리가 혈관 타고 흐른다

소리 없이 꽃 지듯 취기로 잠든 나날
뼈만 남은 몸으로 찢어질 듯 통증에
칠흑 속 박제가 되는 허기진 일상이다

그 저녁 바람처럼 걸었다

– 쪽방촌에서

전철이 지나갈 때 문득문득 잠 깬다
널빤지 벽 사이로 살 후비는 바람 소리
움츠린 꽹이 무리가 문을 긁는 밤이다

밤 취몽 속 걷다가 어디인지 모르겠다
정처 없이 떠돈 나날 젖은 날개 펼치면
가로등 긴 혀를 꺼내 떠는 몸을 핥는다

거문도의 밤

눈 그친 뒤 천천히 어둠 내려 앉는다
적설 갇힌 섬과 섬, 날을 세운 바람에
속울음 뱉어 낸 등대의 불빛도 흩어지고

포구에 발이 묶인 어선들 마음 끌텅
멸치 후린 것처럼 바람으로 눈을 털면
하늘 밑 위리안치야 달빛만 포개진다

늦저녁 물결 보인 선착장 횟집에서
술잔에 달을 담아 마음까지 취하면
기억의 그 갈림목에 환한 등 걸고 싶다

저녁이 오는 소리

장대비가 쏟아졌다
여러 겹 마음 뚫고

허기를 채우려고 골목길 지나갈 때

낮 동안 꾸벅거리던
가로등이 고개 든다

마당 한쪽 우두커니
밤비 냄새 맡는다

봄에서 다시 가을로 생은 더 버거운데

나는 늘 세 들어 살아
도시 한 모퉁이에

제3부 눈보라 치는 밤

쉬임 없이 가는 빗줄기 따라

하루 종일 장대비다 누마루 벽에 기대
구름처럼 머물다 간 젊은 날 일기장을
마음의 눈물을 발라 한 페이지씩 넘긴다

기왓골로 몰려와서 떨어지는 곡소리
산 아랫녘 둥지 틀면서 버리지 못한 것들
가슴에 비수로 다가와 상처를 오려 낸다

햇살에 눈부셨던 추억 한때 짚어 가며
저 검은 구름 뒤편 숨겨진 것 끄집어내
밤새워 치대고 반죽해 울음들을 뽑고 싶다

석정리역

그녀가 자살했다
인적 끊긴
괴로움에

봄 겨울도
팽개쳐
실존을 토로하고

어느 날
폭삭 주저앉아
길냥이만 울어댔다

눈보라 치는 밤

– 최북. 풍설야귀인風雪夜歸人

목화송이 같은 눈이 밤새 산을 휘감고
허름한 산막 불빛도 시야에서 사라져
잔혹한 유배의 길처럼 가슴이 먹먹하다

가슴을 쥐어짜는 흉흉한 저 바람 소리
당장 발을 헛디뎌 그 물결에 떠밀린다
젖은 생, 조롱박 술로 허기를 달랜 밤

느티나무 아래 앉아 지두화로 먹 치며
너른 대지에 달빛의 숨소리를 넣는다
눈부신 산수화만큼 생은 다 그리움이다

바람에 쓸려 다니다가

삼월 중순 눈 내린다 남해 외딴 민박집

누군가 벽지에 쓴 절망 아래 잠들다

창문을 두드린 소리에 피가 몰려 욱신거린다

주소 불명 편지 같은 그 사연을 읽다가

발목이 다 젖도록 해변을 걸어가면

꽃이 확, 가슴에 안겨 멍 자국을 핥고 있다

저수지

백일홍 핀 둑방길 바람에 꽃이 운다

저수지 출렁이는 물결을 탄 오리 몇

수면에 발자국 찍으며 하늘을 물어뜯고

하루 내내 물 위로 떨어지는 꽃사태

속울음의 깊이를 주단으로 빨갛게 덮어

오리 몇 고요한 밤결, 달 숨소리 듣는다

철길 따라

멀리멀리 가고 팠던 편린들 줄을 서서

칠흑 같은 한밤을 깜박이며 잇고 있다

스쳐 간 간이역 거기 울렁울렁, 그립다

겨울비

간곡한 이 하루가
다 취할 듯
비 내린다

떼 지어
밤거리를
쏘다니던 그 젊음도

이제는
다소곳하다
손등이 촉촉하다

철새가 되는 저녁

일요일 하늘 높이 아파트가 올라간다
비계를 밟고 서서 작업하는 인부 두엇
아직도 봄은 멀다고 이마를 훔쳐 낸다

겨울부터 죽어라, 현장을 드나들며
눈치껏 일을 해도 파이프로 휘는 몸
뼈마디 구멍 사이로 마파람이 들이친다

점심시간 박스 깔고 토막잠을 청할 때면
먹먹해진 가슴에도 날개 같은 꽃이 피고,
잠결에 새가 되는지 몸이 차츰 떠오르고,

봄밤

가랑비가
종일토록
마음을 꺾는 저녁

토방에
기대 앉아
깊게 빠는 담배 한 대

창궐한
꽃 무덤들이
어둠을 뚫고 있다

마량항 안부

슬며시
봄이 내게 안부를 물어온다

날 선 도시
그 어둠을 허리에 감으면서

해질녘
방파제 같은 물집을 터트리며

먼 밤길
파랑주의보 지나가는 바람 울음

나도 그만
그 속으로 단숨에 빨려 들면

바다는
만조를 우려 항구 위로 달 올린다

한때 벽소령에서

실직당한 몸 이끌고 지리산 올라간다
자꾸 뭔가 변명하듯, 능선 따라 울음 뱉고
촉촉이 젖은 나무가 내 어깨를 짚는다

너럭바위 훌렁 누워 구름을 당겨 보면
까닭 없이 찾아온 공복처럼 쓰린 생,
그 영혼 바람을 탄 채 구름 주위 맴돈다

깊은 적막 휩싸인 벽소령 밤결이여
첩첩 산 칠흑 같던 어둠 뚫고 만월 뜨면
노곤한 한 생이 저리 긴 행적을 밝힌다

밤

푸른 생 카페 앉아
창밖을 슬몃 본다

음악에 가로등은 달처럼 환해지고

자꾸만 찔리는 가슴
슬픔 빠져 나간다

음악에 취할수록
고도 올려 비행한다

이 지구 어디론가 몰래몰래 숨고 싶어

집으로 돌아가기 싫은
끔찍한 밤 열한 시

밤은 뭉친 고요를
풀어놓고 부풀린다

밀려온 기억 들춰 누군가를 부르면

나의 밤, 촉촉하게 젖어
꿈속까지 파고든다

보길도

이제 더
갈 수 없는

어둠 겹겹 치대고

마음 나눈 풍경과
그저 술잔
주고 받아

노인은
세연정 바위에서
새 한 마리
날린다

독살

바다를 응시하던
여자의
눈썹 자리

파도가 다녀간 뒤
허접한 생 털어 내면

몇 겹의
돌무더기 안
눈물이 고여 있다

월곡마을 비 내린다

지리산 밑 수월리 월곡마을 비 내린다
고요만 켜켜 쌓인 매천사 사당에도
또 한 줄 절명시 쓰듯 기왓골 풀 적신다

온몸에 피가 돌아 가으내 산 물들여
대청에 노고단을 불러다 앉혀 놓고
세월을 묶어 놓은 채 술병을 비운다

퇴락한 고택처럼 늘 깊은 잠에 빠져
허물어진 벽 사이로 바람이 드나들 뿐
홀로된 노인의 생이 오죽처럼 꼿꼿하다

봄비 발자국

한 치 앞을 알 수 없는
안개에 둘러싸여

불길한 예감으로
몰래 쓰는 유서 한 줄

반항의 거친 흔적들
산야에 남아 있다

끊어진 신경들을
한 가닥씩 이어가며

수척해진 어깨 위로
빗줄기 지나간다

질러간 겨울 발자국
추억처럼 깊이 가며

평사리 여자

악양들판 유채꽃이 바람에 휩쓸린다

깃 치며 날아오른 새 떼 한 무리가

늦도록 펼치는 군무, 봄을 종일 부른다

박수근 그림 같은 언덕배기 한 여자

거느린 풍경 또한 납작하고 앙상하다

상처를 숨겨 놓은 채 힘겹게 피고 진다

저녁이면 저수지에 간다

간밤에도 사내는 저수지에 갔습니다

작업복 걸어 놓고 밤안개를 뚫고서

찌 없는 낚시 하나로 마음을 누릅니다

애잦는 나날들이 물뱀처럼 지나가고

살 베이던 밤바람, 저수지를 헤매다가

혼자서 노래 부르는 사내 등 토닥입니다

짙은 어둠 밀어내고 보름달이 떠오르면

적막의 끝, 환한 꽃이 피었다가 집니다

시내는 슬픔의 여울로 바람처럼 웁니다

시월

잎 진다 마음 또한
툭 하고 떨어낸다

통증 달고 사는 일에
미칠 것만 같아서

바람에
귀 기울이듯
들창문 열어 둔다

발자국 소리 따라
쪽잠에서 깨어나

가슴속 통증 꺼내
바람에 씻어 내면

수척한
나의 영혼이
가을을 앓고 있다

가을이 지나간 뒤

밤새 창을 두드린 바람의 말 귀 기울여
멀어져 간 계절을 팔 벌려 불러 본다
가슴을 한쪽 비워도 상처만 깊어지고

아무 일 없다는 듯 가루눈 무장 내려
흰 새 떼로 날아올라 물결처럼 휘돌아
저물녘 울부짖는 풍경을 눈동자에 가둔다

지나간 널 부르면, 시간의 난간에서
바람처럼 몰래 와 한 몸을 흔들고 가
투명한 울음을 모아 잔에 부어 독작한다

서정을 통해 발현된 절제의 미학

백애송 시인·문학평론가

　박현덕 시인의 이번 시집 『와온에 와 너를 만난다』를 관통하는 시어는 '눈'과 '겨울'이다. 시인이 눈 내리는 겨울을 건너오며 전하고자 하는 바는 무엇이었을까. 그것은 이 시집을 관통하는 정서인 슬픔과 그 슬픔 뒤에 감추어져 있는 희망이다. 슬픔은 상실과 결핍에서 비롯된다. 누군가로부터 단절된 경험에서 비롯되기도 하고, 채워지지 않는 결핍이 원인으로 작용하기도 한다. 슬픔의 이유에는 여러 가지가 있겠지만, 박현덕 시인은 이러한 슬픔의 정서에 과도하게 함몰되지 않고 감각적으로 사유하여 담담하게 보여준다.

방랑자처럼 떠돌며 직접 체험하는 장소와 사유의 적절한 배치를 통해 삶을 먹먹하게 만들기도 하고, 삶의 한 단면에 투영된 자신의 모습을 통해 외로움과 쓸쓸함을 보여준다. 현재의 경험을 통해 그 정서의 결을 압축하여 충만한 언어의 현장으로 인도하는 박현덕 시인의 시에는 이 시대의 노동자, 홀로 살아가는 노인 등으로 고단한 현대 사회의 모습이 담겨 있기도 하다. 지극히 개인의 정서에 국한되는 것이 아니라 시조가 지녀야 하는 율격을 지니면서도 그 안에서 최대한 서정의 본질을 자유롭게 보여주고자 한다. 그리고 그 마지막에는 '지금-여기'의 순간에 집중하여 미래를 향해 뻗어 나가는 희망이 발견되는 충만한 현재가 존재한다.

장소를 통한 발현되는 내면의식

박현덕 시인은 장소를 통해 자신의 정서를 드러내는 비유적 소재로 활용하고 있다. 이 과정에서 장소 안에 슬픔과 외로움, 그리움의 정서를 투영하여 보여준다. 이번 시집에는 지역의 징소를 모티브로 하는 시편들이 곳곳에서 발견되었다. 시인은 진도, 목포, 와온, 나주 등 장소에 대한 직접 경험을 시 속에 형상화하여 풀어놓았다. 장소는 그곳에 살아가는 사람들과 밀접하게 관계를 맺는다. 장소에 대한 경험은 그 장소에 대해 시인으로서의 정체성을 형성하면서 동시에 특수성을 갖게 한다. 박현덕 시인은 장소를 경험한 주체로서 그 장소에 대한 구체성을 시 속에 수용하여 밀도 있는 의미망을 형성한다. 이는 일상에서 장소를 찾아다니며 경험하는 사소한 체험들일지라도 익숙한 것을 낯설게 보려는 예민한 시선으로 대상을 바라보려는 시인의 노력에서 비롯된다.

진도대교 건너자 와락 눈이 한창이다

울돌목 곡소리도 내 귀엔 들리지 않아

먼 길을 끌고 왔던 생, 길 따라 굳어지듯

남도의 끄트머리 그리움이 눈에 섞여

바다가 훤히 보인 죽림길 언덕 앉아

술잔에 파도를 담아 뭉친 가슴 풀어낸다

무장무장 눈 내려 칼바람에 베이고

어디론가 조금씩 가라앉고 있는 중

나는 또 난파된 배처럼, 적막 하나 키운다

　　　　　　　　　　　－「진도에 내리는 눈」 전문

　시 속 화자인 시인은 진도대교를 건너는 중이다. "먼 길을 끌고 왔던 생"이 고단한 탓에 눈이 내리는 "울돌목 곡소리도" 시인의 귀에는 들리지 않는다. 전라남도 해남군 화원반도와 진도 사이에 있는 해협으로 명량해협이라고도 불리는 울돌목은 임진왜란 때 이순신 장군이 왜군 함대를 물리친 곳으로 알려져 있다. 이곳은 당시 왜군을 물리치기 위해 많은 사람들의 희생이 있었던 역사의 현장이기도 하지만, 시인의 내면의식이 전개되는 회상과 재생의 공간이기도 하다. 현재의 고단함이 당시 희생된 자들의 곡소리를 지워버렸고, 이에 시인은 지금껏 어렵고 아프게 끌고 왔던 생을 "남도의 *끄트머리*"에 살며시 내려놓는다. 이는 바다가 보이는 언덕에 앉이 "술잔에 파도를 남아 뭉친 가슴 풀어"내고자 하는 행위로 형상화하여 보여주고 있다. 고단한 삶의 한 페이지를 바다에 와 잠시 내려놓고 마음에 위안을 삼아 보려 하지만 "무장무장 눈 내려 칼바람에 베이고" 시인은 "어디론가 조금씩 가라앉고 있는 중"이다. 현실은 여전히 어렵고 시인은 "난파된 배처럼, 적막 하나" 키울 뿐이다. 하지만 여기에서 좌절하기에는 이르다. 이곳은 따뜻한 남도의 끄트머리이며 눈이 한창인 이 겨울이 지나고 나면 곧 봄이 도래할 것이기 때문이다. 바다를 통해 들여다본 시인의 내면의식에는 이 적막의 끝에 희망이 기다리고 있을 것이라는 기저가 깔려 있다. 바다는 우리 삶의 일부이고 그 자체로 삶의 현장이다. 역사의 공간이기도 하고 '지금—여기'에서 시인이 보여주고자 하는 희망이 실현되기를 기대하는 공간이기도 하다.

다음의 「와온에 와 너를 만난다」 연작시에서도 '와온'이라는 장소와 바다의 이미지를 통해 시인의 내면의식을 전개하고 있다. 연작시는 하나의 주제를 다양한 표현 방법으로 보여주기에 새로운 이미지를 제시할 수 있다. 뿐만 아니라 현대사회의 복잡다단한 생각을 연작 형식을 통해 더 잘 보여주기도 한다. 「와온에 와 너를 만난다」로 이루어진 다섯 편의 연작시는 각기 다른 방식으로 삶을 들여다보고 방향성을 제시한다. 시인은 연작시를 통해 투영된 삶에서 고단함을 치유하고자 한다.

세상일 망했다고 무작정 차를 몰아

와온해변 민박집에 마음 내려 놓는다

나는 왜 춥게 지내며 덜컹덜컹 거렸지

해변을 걷다 문득 마파람 씹어 보면

바람에 쓰릿해져 누군가 생 펼친다

제 몸의 상처가 터져 걸어온 길 적신다

잔파도에 쓸려간 철새들의 발자국

무릎 괴고 숨어서 눈 붉도록 울고 나면

하늘을 미친 바람처럼 물고 또 뜯고 있지
-「와온에 와 너를 만난다 1 - 노을」 전문

'와온'은 많은 시인들이 노래한 바 있다. 이럴 경우 다른 사람들이 보여주지 않은 와온에 대한 자신만의 독특한 시선 즉, 남다른 관점과 해석이 있어야 한다. 박현덕 시인이 보여주고자 하는 와온은 단순히 노을 지는 풍경이 아름다운 바다의 이미지가 아니라 자신만의 시각으로 그려내고 있다. 그 시각은 풍경을 전경화하여 성찰을 통한 내면의 모습을 웅숭깊은 언어로 담담하게 담아내고자 하는 데서 비롯된다. 실제 와온의 풍경과 시인의 내면 풍경이 적절하게 직조되어 있다.

시인은 삶을 털어내기 위해 와온을 찾는다. 일상의 삶이 힘들고 지칠 때, 세상일이 뜻대로 되지 않을 때 무작정 차를 몰고 와온해변으로 향한다. 어느 민박집에 살며시 "마음 내려 놓"고 그동안 "왜 춥게 지내며 덜컹덜컹 거렸"는지 묻는다. 생활에 쫓겨 주위를 돌아볼 겨를도 없이 아등바등 마음이 춥게 지냈던 것이다. 서로에게 전하지 못했던 진심과 쉽게 손 내밀지 못하고 서성였던 날들 등 추운 마음의 시간들이 밀물처럼 한꺼번에 밀려온다.

남쪽에서 불어오는 바람을 곱씹다 보면 마음이 쓰릿해져 자신의 삶이 펼쳐지고, "몸의 상처가 터져 걸어온 길"을 적신다. 시인은 파도가 해변에 왔다 가면 바닷물이 잘박하게 남아 있는 모습을 "몸의 상처가 터져" 젖어 있다는 감각적인 이미지로 표현하고 있다. 이처럼 담담하면서도 감각적으로 풀어내는 시인의 사유가 시를 더 밀도 있게 만든다. 상처는 고통을 안겨주지만 그 고통은 사람을 더 성장하게 한다. 상처가 터졌다는 것은 치유가 가능하다는 의미이다. 시인은 "무릎 괴고 숨어서 눈 붉도록" 한 바탕 시원하게 희망의 울음을 토해내고 난 후, 상처를 치유하며 극복하고자 한다.

이 외에도 "아팠던 날들 지나 어스름 비 그치면"(「와온에 와 너를 만난다 3」) "슬픔에도 꽃이 핀다"(「와온에 와 너를 만난다 2」)는 것을 시인은 믿는다. 슬픔에도 꽃이 핀다는 역설적 화법을 통해 이 슬픔도 다 지나고 나면 꽃으로 승화될 것이라는 바람을 형상화한다.

결핍된 주체

인간의 삶은 홀로 이루어지는 것이 아니라 관계와 관계 속에서 이루어진다. 오랜 시간을 지내면서 만들어진 관계들과 축적된 경험들은 일상생활에 안정감을 준다. 가족 혹은 지인 사이와 같은 익숙한 관계들로부터 자신의 존재감을 확인하고 더불어 보호받는다는 느낌을 빚게 된다. 일상은 이러한 존재 확인의 반복으로부터 이루어진다고 해도 과언이 아닐 것이다. 하지만 현대사회의 일상은 안 정감을 주지 못한다. 주체의 결핍과 상실로 좌절하게 되면서 스스로를 억압의 틀 안에 가두게 된다. 박현덕 시인의 시는 이러한 결핍과 상실로부터 이루어지고 있다. 여기에서는 이러한 주체로부터 거리두기를 통해 주관에 함몰되지 않고 미학을 획득하게 되는 과정에 대해 살펴보자.

> 마당 한쪽 우두커니
> 밤비 냄새 맡는다
>
> 봄에서 다시 가을로 생은 더 버거운데
>
> 나는 늘 세 들어 살아
> 도시 한 모퉁이에
>
> — 「저녁이 오는 소리」 부분

시인은 "도시 한 모퉁이에" "늘 세 들어" 살고 있는 존재이다. 장대비가 마음을 뚫고 쏟아지는 동안 "허기를 채우려고 골목길"을 지나는 중이다. 시간은 이미 낮을 통과하여 "가로등이 고개"를 들고 있다. 아직 허기를 채우지 못한 채 "마당 한쪽 우두커니" 서서 "밤비 냄새 맡는" 시인의 모습이 장대비가 내리는 풍경과 가로등이 켜지는 밤의 시간적 배경을 만나 쓸쓸함을 더욱 고조시킨다. "봄에서 다시 가을로 생은 더" 버겁기만 하다. 끊임없이 변화하는 현실에서 채워지지 못한 삶의 고리들은 시인을 삶으로부터 세 들어 살게 만든다. 가을을 통해 쓸쓸함과 이 쓸쓸함에서 파생되는 슬픔의 정서가 시의 전반에 자리하고 있다.

빌딩숲 한가운데 간신히 걸린 울음
밤이 되면 흩어져 숨어 있는 발자국들
조금씩 불러들여서 유리창에 가둔다

보도블럭 사이 사이 뿌리 내린 알갱이
서로에게 비밀스런 편지를 몰래 쓰다가
바람도 술 취한 봄밤에 흰 별꽃을 피운다

— 「깊고 부드러운 밤」 부분

봄이 되었고 밤이 찾아왔다. 여전히 빌딩숲 한가운데 울음이 걸려 있지만 "보도블럭 사이 사이 뿌리 내린 알갱이"가 "바람도 술 취한 봄밤에 흰 별꽃을 피"워냈다. 한 평도 되지 않는 보도블럭 사이에서 꽃을 피우기 위해 애

썼을 그 작은 생명체는 기어이 자신의 소임을 다하였다. 척박한 상황이지만 꽃을 피워 자신의 존재를 드러냈고, 어려움을 이겨내면 결실을 맺을 수 있음을 온몸으로 보여주었다. 보호로부터 거리가 먼 안전하지 못한 도심 속이지만, 이 안에서 자신만의 방식으로 삶을 이어나가고 있다. 시인은 떠돌면서 만나는 이러한 장면을 놓치지 않고 자신을 투영하여 정밀한 언어를 통해 그 의미를 내포하여 보여준다.

시인은 때로 "통증 달고 사는 일에/미칠 것만 같아서" "가을을 앓고 있"는 "수척한/나의 영혼"(「시월」)을 데리고 "무작정 도시 떠나 한라산 홀로"(「가을 한라산」) 오르기도 한다. 하지만 "가슴을 한쪽 비워도 상처만 깊어지고"(「가을이 지나간 뒤」) 생은 "까닭 없이 찾아온 공복처럼 쓰"(「한때 벽소령에서」)리기만 하다. 이를 위무하기 위해 시인은 저수지로 향하기도 한다. 「저녁이면 저수지에 간다」에서는 객관적 상관물로 내세운 사내를 통해 삶의 단면을 풀어내고 있다. 사내가 저수지로 향하는 이유는 물고기를 낚고자 함이 아니라 "찌 없는 낚시 하나로 마음을" 누르고자 함이다. 아무도 없는 밤의 한 귀퉁이에 "작업복 걸어 놓고" "살 베이던 밤바람" 맞으며 하염없이 "저수지를 헤매"인다. 인간은 언젠가 사라질 존재이기는 하나, 사라져야 하는 날을 기다리고만 있지는 않는다. 사라질 존재이기는 하지만 사는 동안은 삶의 의미에 답을 해야 한다. 저녁이면 저수지로 향하는 이유도 이 때문일 것이다. "슬픔의 여울로 바람처럼" 울고, "적막의 끝, 환한 꽃이 피었다가" 또 지고 마는 순간순간들일지라도 이를 겸허하게 받아들이고 토닥이기 위해서 말이다.

이웃에 대한 공감

인간은 사람들 속에서 살아가지만 늘 스스로와 혹은 사회와 고군분투하며 살아가는 존재이다. 박현덕 시인은 사회의 주변부에서 힘겹고도 외롭게 살아가는 사람들의 삶을 그려낸다. 중심부에서 도외시되고 있는 주변부를 둘러볼 줄도 아는 미덕을 지니고 있다. 서민들의 하루를 들여다보고 그들이 하루를 견디는 순간들을 놓치지 않는다. 함께 살아가야 하는 이웃들의 삶을 돌아보고 그곳에서 새로운 지평을 넓혀가고자 한다. 박현덕 시인은 중심에서 벗어나 낮은 곳에 있는 존재들의 일상을 응시하고 관조적 태도로 공간하며 함께하고자 힌다. 군중 속에 있으나 오늘도 고독하게 이어나가고 있는 삶을 살펴보자.

가을이 성큼 지나
한파가 올라온다

얇은 이불 덮고 누운 한 평 정도 방인데

틈새를 휴지로 막아도
칼바람에 쓸쓸하다

밤이 와 불을 끄면
종이의 집 흔들려

도시의 뒷면이라 잘 보이지 않는다

오늘 또 누군가 울다
술에 취해 잠이 들고

–「겨울 고시원」 전문

위의 시는 겨울 고시원의 풍경을 담고 있다. 가을 지나
한파가 몰려오고 있지만 "얇은 이불 덮고 누운 한 평 정도
방"은 휴지로 틈새를 막아도 칼바람이 드나든다. 작은 바

람에도 언제 쓰러질지 모르는 종이로 만든 집과 같다. 이 집은 "도시의 뒷면"에 있어 잘 보이지도 않는다. 밤이라는 시간은 존재의 고독과 외로움을 심화시킨다. 이 밤에 누군가는 울다가 잠이 들고, 또 누군가는 온전한 정신으로 버티기 힘들어 술에 취해 잠이 든다. 빛과 반대되는 어둠이라는 원형적 상징이 어두운 현실을 나타내는 상징으로 작용되고 있다.

다음의 시는 독거노인에 대한 이야기이다. 박현덕 시인은 곳곳에 각각의 사연으로 살아가고 있는 이웃의 모습을 통해 사회의 단면을 보여준다.

독거노인 반동댁 식물 하나 키운다
산짐승 울음소리 들려오는 밤에도
늘그막 전기장판 위 신처럼 모신다

(……)

시골의 밤, 하루하루 빠르게 늙어 가
화분과 눈을 맞춰 마지막 날 얘기하면
자식도 아닌 저것이 백민 송이 꽃 피운다

— 「반려식물 키우는 노인」 부분

시 속 등장인물은 반동댁이다. 반동댁은 독거노인으로 반려식물을 키우고 있다. 집에 와도 말 섞는 이가 없는 반동댁에게 반려식물은 유일한 말동무이다. 반동댁은 "산짐승 울음소리 들려오는 밤에도" 행여 식물이 죽을까 싶어 "전기장판 위 신처럼 모"셔둔다. 반려식물은 반동댁에게 가족이자 친구이자 먼저 간 남편이기도 하다. 사람이 아닌 반려식물은 아무 소용이 없다며 "도랑에 던지라는" 이웃집 할머니들의 말에도 아랑곳하지 않고 식물에 대한 지극정성 마음을 내보이는 이유도 이 때문이다. 반동댁은 "하루하루 빠르게 늙어 가"고 "자식도 아닌 저것이 백만 송이 꽃"을 피운다. 많은 노인들이 자식과 살지 못하는 개인적인 이유가 있겠지만, 혼자 살고 있는 노인이 많아지고 있는 현실의 상황을 시인은 피하지 않고 직면한다.

일요일 하늘 높이 아파트가 올라간다
비계를 밟고 서서 작업하는 인부 두엇
아직도 봄은 멀다고 이마를 훔쳐 낸다

겨울부터 죽어라, 현장을 드나들며
눈치껏 일을 해도 파이프로 휘는 몸

뼈마디 구멍 사이로 마파람이 들이친다

－「철새가 되는 저녁」 부분

모두가 쉬는 휴일에도 아파트는 올라간다. "비계를 밟
고 서서 작업하는 인부 두엇"의 위태로운 모습은 아직 오
지 않은 봄을 재촉한다. 하지만 재촉한다고 하여 봄이 빨
리 올 리는 없다. "겨울부터 죽어라, 현장을 드나들며" 일
을 하지만 몸은 파이프처럼 점점 휘기만 하고 "뼈마디 구
멍 사이로 마파람이 들이친다". "점심시간 박스 깔고 토
막잠을 청할 때면/먹먹해진 가슴에" "날개 같은 꽃이" 핀
다. 열심히 살지만 철새처럼 한철 지나면 다시 제자리로
돌아가는, 좀처럼 나아지지 않는 상황이 시인의 첨예한
시선을 통해 형상화된다. 그리고 그 이면에는 잠결에라도
새가 되어 이러한 상황으로부터 잠시 자유로워지고자 하
는 바람이 투영되어 있다.

고독한 이웃의 모습은 다양한 방식으로 시 속에 재현되
어 있다. 「미안하다」에서는 하반신을 움직일 수 없어 물질
을 더 이상 하지 못하는 제주에 사는 아흔 살 어멍을 바라
보는 시인의 시선을 확인할 수 있다. 어멍은 평생 바다에
서 물질을 하는 것을 업으로 알고 살았는데 움직일 수 없
는 몸이 되었다. 요양병원도 요양원도 다 싫고 바다가 보

97

이는 집에 기거하며 "푸른 꿈결 바다에서" 오늘도, 내일도 마음만 물질하러 다닌다. 「그 저녁 바람처럼 걸었다- 쪽방촌에서」에서는 어렵게 정착은 하였으나 여전히 움츠린 삶을 사는 삶의 모습이 그려져 있다. "전철이 지나"가는 소리가 "널빤지 벽 사이로" 다 들려 "문득문득 잠" 깨는 밤의 시간을 견디며 사는 삶은 더 보태지 않아도 위태롭기만 하다.

절제의 미학

시조의 백미는 단시조일 것이다. 이번 시조집에는 단시조가 많이 발견되었다. 단시조는 짧은 구절 안에 보여주고자 하는 바를 정밀한 언어로 그려내야 한다. 짧기에 묵직한 메시지 혹은 감각적인 사유의 정황이 오히려 연시조에 비해 더 잘 드러난다. 이는 장점이 될 수도 있으나 자칫 개인적인 감상으로 머무를 수 있어 단점으로 작용하기도 한다. 박현덕 시인의 단시조는 유연한 어조와 응집된 시어를 통해 정형미를 그대로 살려내고 있다.

한 마리 새가 되어 너는 울고 가는구나

바람 한 점 햇살 한 톨 저리 없는 세상에

가슴이 아프게시리, 저 하늘을 헤집는다

-「저물녘」 전문

저물녘 햇살도 없고 바람도 없는 하늘을 헤집으며 새 한 마리가 가고 있다. 시에서 "한 마리 새"로 호명되는 '너'는 그동안 만나지 못했던 사람이거나 혹은 앞으로 만날 수 없는 떠나가고 있는 사람이다. 중요한 점은, 떠나가고 있는 대상에 대한 이러한 슬픔과 그리움의 정서를 '한 마리 새'라는 객관적 상관물을 통하여 과도한 감정을 투사하지 않고 담담하게 보여주고 있다는 점이다. 저물녘이라는 시간적 배경과 "바람 한 점 햇살 한 톨" 없는 막막한 세상이라는 배경 묘사를 통해 직접 심정을 토로하지 않아도, 상황을 더 처절하면서도 날카롭게 그려낸다.

미안하다
미안하다
낙일의 기억이여

외로움

그리움

톱니처럼 맞물려

지나간

푸른 영혼 불러

결박을 풀고 있다

― 「봄비」 전문

저녁 내내 창문을

누군가 두드린다

밤이 더 깊을수록

어머니가 생각나

무릎이

바스러진 생,

절며 가는

빗줄기

― 「저녁비」 전문

100

「봄비」에서는 봄비가 내리는 풍경 속에 "낙일의 기억"을 풀어내고 있다. 그동안 구속되어 있던 것들에게 "미안하다"고 고백한 시인은 "지나간/푸른 영혼 불러/결박을 풀고" 자유롭게 놓아준다. "톱니처럼 맞물려" 있던 외로움과 그리움도 결국은 자신이 만든 것이다. 자신으로부터 도망가지 못하도록 자신을 묶어두었던 굴레에서 벗어나고자 한다. 「저녁비」는 "저녁 내내 창문을" 두드리는 '비'를 통해 어머니의 모습을 형상화하고 있다. 저녁 내내 비가 내리고 "밤이 더 깊을수록/어머니가 생각"난다. 시인은 "무릎이/바스러진" 어머니의 삶을 "절며 가는/빗줄기"에 비유한다. 무릎이 불편하니 온전한 걸음을 걷지 못하고 절며 걷는 어머니의 모습을 빗줄기로 형상화하여 감각적으로 풀어내고 있다. 이와 같이 박현덕 시인은 단시조를 통해 절제의 미학을 몸소 실천한다. 언어를 소비하지 않고 감각적인 사유를 통해 획득한 이미지로 삶의 면면을 통찰하여 보여준다.

시는 인간의 삶과 세계의 진실을 심미적인 인식을 통한 언어로 보여주는 예술이다. 심미적 인식은 시인의 경험으로부터 비롯된다. 아름다운 것뿐만 아니라 슬프고, 놀라

운 것, 추한 것 등으로부터 심미적 인식을 찾을 수 있다. 독자는 시인이 공유하고자 하는 이러한 심미적 인식이 반영된 작품을 통해 삶의 의미를 확장해나간다. 박현덕 시인은 외롭고 고독한 심리를 은유적으로 형상화하여 인간 본연의 서정성을 표출하고 있다. 결핍과 상실에 투사되어 있던 주체로부터의 객관화를 통해 일정한 미학을 획득하고, 이웃에 대한 공감을 통해 시대 의식을 반영한다. 지금-여기에 살아가고 있는 이웃에 대한 관심은 정서적으로 공감대를 형성하면서, 그 기저에는 세계와 사물을 바라보는 연민의 마음이 내포되어 있음을 확인하였다. 대상에 대한 진지한 성찰이 이루어질 때 시의 진정성을 만날 수 있다. 대상을 충분히 바라보고 표면적인 의미를 넘어 심층적으로 인식할 때 다채로운 의미를 형성할 수 있는 것이다. 현실성과 서정을 모두 갖추고 있는 박현덕 시인의 시는 시조가 가진 절제미를 통해 언어의 본질을 일정하게 유지하고 있다.

박현덕

1967년 전남 완도 출생으로 광주대학교 문창과 및 동 대학원을 졸업했다. 1987년 『시조문학』 천료와 1988년 『월간문학』 신인상에 시조가, 1993년 〈경인일보〉 신춘문예에 시가 당선되었다. 시집으로는 『겨울 삽화』, 『밤길』, 『주암댐, 수몰지구를 지나며』, 『스쿠터 언니』, 『1번 국도』, 『겨울 등광리』, 『야사리 은행나무』, 『대숲에 들다』, 『밤 군산항』이 있다. 중앙시조대상, 김만중문학상, 백수문학상, 송순문학상, 오늘의시조문학상 등을 수상했으며, '역류' '율격' 동인으로 활동하고 있다.

와온에 와 너를 만난다

초판1쇄 찍은 날 | 2024년 4월 23일
초판1쇄 펴낸 날 | 2024년 4월 30일

지은이 | 박현덕
펴낸이 | 송광룡
펴낸곳 | 문학들
등록 | 2005년 8월 24일 제2005 1-2호
주소 | 61489 광주광역시 동구 천변우로 487(학동) 2층
전화 | 062-651-6968
팩스 | 062-651-9690
전자우편 | munhakdle@hanmail.net
블로그 | blog.naver.com/munhakdlesimmian

• 이 책은 🌿 전라남도. 🌿 전남 문화재단의 후원을 받아 발간되었습니다.